Wolfgang Pein

Schaf-Geschichten
aus dem schönen Vinschgau

...eine Hommage an
ein wunderschönes Fleckchen Erde

Bibliografische Information der Deutschen Nationalbibliothek:

Die Deutsche Nationalbibliothek verzeichnet diese Publikation in der Deutschen Nationalbibliografie.
Detaillierte bibliografische Daten sind im Internet über http://dnb.d-nb.de abrufbar.

Herstellung und Verlag:

BoD – Books on Demand, In de Tarpen 42,
D -22848 Norderstedt

ISBN   9783837079241

MIX
Papier aus verantwortungsvollen Quellen
Paper from responsible sources
FSC® C105338

Buch-Erklärung:

Die Helden dieser Geschichten sind die beiden Schafe „Bunglass" und „McGregor".

Wie schon die Namen vermuten lassen, kommen die beiden Schafe nicht aus Italien.

Bunglass und McGregor kamen vor einigen Jahren aus Irland und Schottland nach Deutschland.
Dort wohnen die beiden Schafe - wenn sie auf Besuch sind - bei Helga und Wuulfgeng in einem kleinen Dorf im ebenfalls sehr schönen Münsterland im Nordwesten von Deutschland.

Inzwischen sind Bunglass und McGregor sehr menschlich geworden, ihre stolze Herkunft werden sie aber niemals verraten. Die beiden Schafe können inzwischen auf zwei Beinen gehen, verstehen die deutsche Sprache und sprechen diese natürlich auch.

Abwechselnd besuchen die beiden Schafe mit ihren Gasteltern ihre Heimatländer Irland / Schottland und das schöne Vinschgau in Südtirol im Norden von Italien.
Dort im Vinschgau wohnen dann alle bei ihren Freunden Pia und Karl in Glurns, in der Nähe vom gewaltig hohen Ortler und dem Stilfser Joch.

Und w a s unsere beiden Schafe Bunglass und McGregor dort erleben, das wird in den folgenden Kurz-Geschichten erzählt.

Inzwischen haben Bunglass und McGregor viele Fans in Irland, Schottland, Italien, Deutschland, der Schweiz und sogar in Kanada und den USA.
Über die bisher erschienenen Bücher mit Bunglass und McGregor erfahren Sie mehr am Ende dieses Buches.

Verzeichnis der Geschichten:

ein Sommer auf der Alm

Reichlich bestückt mit Getränken begannen unsere unternehmungslustigen Schafe Bunglass und McGregor am „für Schafe frühen Morgen" (gegen 9.oo Uhr !) den Aufstieg zur „Glurnser Alm". Der Aufstieg dort hin beginnt nahe der Pension von Pia und Karl. Selbstverständlich gab es in der Pension noch eine familiäre Trennungs-Gedenk-Minute mit Helga, Wuulfgeng, Pia, Karl, der Senior-Gastgeberin, Nicy und Wolfgang, Ronja, Saskia und Marion, Willi und Gertrudis und den Schweizern Karl und Beatrice.

Es war schon viel anstrengender, als die beiden Schafe gedacht hatten. So Höhenmeter haben es eben in sich und davon waren es noch so viele!
Auch rächte es sich nun, dass die Schafe erst „spät" am Morgen aufgebrochen waren. Menschliche Bergsteiger gehen schon mit dem ersten Büchsenlicht „auf Tour". Die schon recht gut aufgelegte Sonne machte Bunglass und McGregor mächtig zu schaffen.

„Hätten wir nur etwas genauer hingehört, was die Einheimischen zu unserer geplanten Tour erzählt und geraten haben", keuchte Bunglass.
Und McGregor hatte auch nicht „mehr" Luft, als er ebenfalls keuchte: „Die „einheimischen" Schafe haben sicher genug Luft für solche Aktivitäten. Als Ablenkung sollten wir mal daran denken, wer uns denn oben auf der Alm so alles erwartet."

Einige Schafnamen kannten sie schon aus den vorbereitenden Erzählungen von Karl.

Die wartende Schafherde bestand zum Beispiel aus dem Leithammel „Hajo". Zu ihm gehört „Marianne", seine Lieblings-Gefährtin. Auch wenn ihre beiden Initialen oft als „H & M" in umliegende Bäume geritzt sind, so bedeutet dies keine Gemeinsamkeit mit einem bekannten Modehaus , wie dies von einigen Touristen zu hören war, wenn sie schon auffällig oft auf dieses Symbol trafen.

Da ist noch „Harm", ein schon älterer Dagebliebener aus Ost-Friesland, dem die Seen im Vinschgau und die vielen Gewässer inzwischen ausreichen, um dort zufrieden zu leben.

„Fritzi" ist die freche und vorwitzige Schaf-Zicke auf der Alm, der aber niemand wirklich etwas übel nahm, sorgt sie doch auch durch ihre eigene Art ab und zu mal oben etwas für Abwechslung.

„Moni" ist das Schaf mit dem „grünen Daumen", immer auf der Suche nach den besten Gräsern. Sie bestimmt praktisch, wo am besten „zu Grasen" ist.

„Walburga" ist die misstrauische Bewohnerin der Alm. Sie stellt eigentlich immer alles erst mal in Frage. Letztendlich kann man aber auch mit ihr gut klar kommen.

„Brunhilde" ist das Kampf-Schaf der Herde, immer aufmerksam und bereit, bei Bedrohung zu den Waffen zu greifen. Sie lässt sich auffallend oft als Wache einteilen. Sie liest dabei aber „heimlich" alte Geschichten, wie die Siegfried - Sage, was niemand ahnt.

„Eleonore" ist da noch, die immer Wert darauf legt, einen besonders hübschen Pelz zu besitzen. Die Pflege kostet viel Zeit.
Später werden dann noch die Lämmer hinzu kommen, deren Geburt schon jetzt mit viel Aufregung in den Hufen erwartet wird.

Endlich kam ein Lichtblick für Bunglass und McGregor. Die letzten Stunden waren sie gnadenlos die Endlosschleife durch den Wald immer nach oben getrabt. Endlich hatten sie den beschwerlichen und Kräfte raubenden Weg hinter sich gebracht und konnten nun den Blick auf die hohen Felsen richten, die sich über der Alm zu erkennen gaben.

Und jetzt brachen Bunglass und McGregor aus der Deckung des Waldes hervor, gerade wie die Angreifer damals am „Little Big Horn". Zum Glück für unsere beiden Schafe wurde aber hier am heimatlichen „Glurnser Berg" nicht auf sie geschossen.

Einen kleinen Schrecken bekamen unsere Schaf-Bergsteiger aber doch. Das erste Schaf, das sie zu Gesicht bekamen, war nämlich Brunhilde, das Kampf-Schaf. Brunhilde hatte heute Wache. Sie wusste bereits von der bevorstehenden Ankunft von Bunglass und McGregor. Trotzdem empfing sie die beiden mit einer Losungs-Aufforderung, wie es sich für eine ernst zu nehmende Wache gehört.

„Guinness" antworteten Bunglass und McGregor gleichzeitig wie aus dem Eichenfass geschossen.
Die beiden sahen sich an und lachten: „Sind wir mal wieder einer Meinung? Ich habe das Wort so ganz spontan ausgesprochen und Du?" rief Bunglass. „Auch ich habe das spontan gemacht, denn mir fällt eigentlich zu meinem Durst sofort ein schönes Guinness ein. Was löscht Iren und Schotten schon besser den Durst, als ein Guinness", antwortete McGregor.

Das war für Brunhilde völlig in Ordnung. Das heute und gültige Losungswort war den beiden Schafen nämlich gar nicht mitgeteilt worden. Wer sollte außer Bunglass und McGregor schon auf so ein ausgefeiltes Losungswort kommen!

Die Begrüßung mit den anderen Alm-Schafen dauerte nun schon etwas über 2 Stunden und wollte kein Ende nehmen.
Die Reden der einzelnen Schafe stockten immer wieder, wenn Eleonore alle 15 Minuten mit einem neuen schönen Kleidungsstück durch die anwesenden Schafe flanierte.

Bunglass und McGregor sorgten jetzt für etwas Ruhe. Sie zogen die Geschenke-Vergabe einfach vor. Denn sie hatten auch Eleonore ein Geschenk mitgebracht. Aus einem heimatlichen Geschäft hatten sie ein Schmuckstück der Extraklasse von Pelzkragen mit dabei, ein Kunstpelz, was nicht bemerkt wurde.

Mit glänzenden und feuchten Augen und mehrmals tausend-Dank blökend, wird sie jetzt Ruhe geben und die nächsten 3 Stunden vor dem Spiegel verbringen.

Auch für die anderen Almschafe hatten Bunglass und McGregor natürlich Geschenke dabei.

Mit Hajo als örtlichen Alm-Leit-Hammel tauschten unsere beiden Schafe Vereins-Wimpel vom Glurnser-Alm-Verein und dem Westfälischen-Münsterland-Schaf-Verband aus. Natürlich wurde dieser Sinn sofort von Walburga erst einmal infrage gestellt. Man konnte ihr diesen Vorgang aber erklären.

Fritzi drängelte sich immer wieder vorwitzig dazwischen, um mit ihrem geschenkten neuen Camcorder hochauflösend dies alles für die Menschheit festzuhalten.

Moni bekam ein Nasenspray, damit ja kein ernsthafter Schnupfen entsteht und sie die besten Gräser dann nicht mehr erriechen kann.

Für Karl und den entfernten Onkel „Corleblauebohne", die erst später zur Alm kommen werden, hatten sich Bunglass und McGregor auch etwas ausgedacht.

Vorgesehen war für „Karl" eine Flasche Whisky aus Schottland, der seinem Namen „Laphroaig" alle Ehre machte und für den italienischen „Onkel" eine Flasche Grappa -   oder war etwa alles anders herum gedacht, egal.

Karl   und Onkel „Corleblauebohne" sollen nämlich erst nach der Geburt der Lämmer hinzu kommen, da die beiden als Paten für diese Lämmer vorgesehen waren.   Karl ist für die noch zu gebärenden Lämmer 1 bis 4 zuständig, für die Lämmer 5 bis 8 der „Onkel".
Über die Reihenfolge der Patenschaft hatte es ernsthaft einen Streit gegeben. Nachdem ein Europäischer Haftbefehl angedroht wurde, der das Erscheinen auf der Alm vielleicht unmöglich gemacht hätte, konnte Karl das Rennen für die Lämmer 1 bis 4 jedoch ganz klar für sich entscheiden.
„Da können Sie jetzt mal 15 Minuten darüber nachdenken; 15 Minuten schaffen Sie schon!"   (Zitat von Fritz E., Kabarettist)

Alle, die Bunglass und McGregor bereits kennen, können sich sicher lebhaft vorstellen, dass besonders die Abende am Lagerfeuer immer sehr lustig waren.

Unsere irischen und schottischen Schafe haben viel Verständnis für die Tiere und Menschen aus anderen Ländern.   Bunglass und McGregor haben ja oft genug heimische Radio-Sender gehört, als sie sich im Garten der Pension erholten   und wissen daher, was „traditionelle" Musik ist.

Nach Anhören von zahlreichen Musikstücken / Texten hatten sie die Idee, auch einmal ein Lied zu komponieren.
Dieses von Bunglass und McGregor zu fortgeschrittener Stunde vorgetragene Lied hat den folgenden Text:

(Erklärung für den Leser:…die Frau will „ihn" oft loswerden; er merkt es nicht!)

„ Holunderbröseldudelidi,
ohne mei Bierbrezeln geh`   i nie.
Hob i mei Bierbrezeln dabei,
da san` ma scho zwei.
Mei Olde sorgt schon dafier,
dass hob i a` Bierbrezeln bei mir.
Geh`n mi mei Bierbrezeln net aus,
bin i   ja oft aussèm Haus.

Holunderbröseldudelidi,   ohne ….. „

Wer hätte gedacht, dass dieses Lied inzwischen so berühmt ist und von allen Schafen der Welt gesungen wird, wenn auch oft heimlich!

Mal ehrlich, bei der Frage nach diesem Lied-Text wären doch sicher alle „bei Jauch" schon an der 50-Euro-Frage gescheitert !

D a n n   kam es zum jährlichen Höhepunkt auf den Almwiesen. Das war - wie immer – die Geburt der Lämmer.   Rechtzeitig dazu kamen jetzt auch die Paten Karl und Onkel Corleblauebohne.

Mit einer großen Zeremonie wurden die Paten in Ihr jeweiliges Amt eingeführt.   Diese hatten in riesigen Rucksäcken reichlich „Guinness" den Berg hoch geschleppt und wurden dafür mit auf den Hinterhufen stehendem Applaus gefeiert.

Bei den folgenden Geburts-Feierlichkeiten floss jedenfalls sehr viel davon.   Die Almwiesen bekamen nach und nach einen völlig neuen Geschmack durch die Bewässerung von verschütteten Gläsern.

Natürlich beherrschen unsere Schafe auch das Einmaleins der Flaggen-Parade.
Jeden Morgen und am Abend wurde durch abgeordnete Schafe auf dem Gipfel, dem Glurnser Köpfle, die entsprechenden Flaggen gehisst, die Orts - Flagge, die irische und die schottische Flagge.

Meistens ließen sich Bunglass, Mc Gregor und Hajo dies nicht nehmen und kletterten selbst hinauf.

Dabei schrieben sie alle besonderen Ereignisse ins Gipfelbuch in der Blechdose beim Gipfelkreuz in 2395 Meter Höhe, und wer das nicht glaubt, der kann selbst dort oben nachschauen.

Die Tage und Nächte auf der Alm vergingen wie im Fluge.   Ab und zu kommen ja auch mal Menschen zur Alm hoch.   Dort fotografieren sie natürlich erst einmal die Schafherde, vor allem, wenn auch Familien mit Kindern diesen Ausflug machen.   Sozusagen zur Belohnung wird dann der Aufenthalt dort sehr lang, denn der Aufstieg ist ja auch anstrengend, wie schon Bunglass und McGregor feststellen mussten.

Die Schafe sind dies gewohnt und kümmern sich allgemein gar nicht darum, dass sie die Stars der Speicherkarten sind.   Da McGregor heute ausnahmsweise seinen Kilt trug, hatte Hajo eine Bitte an ihn.

„Lieber McGregor, würdest du mal kurz hinter die Hütte dort gehen, bis die Fotos gemacht sind und wieder Ruhe eintritt?   Wenn Dich die Menschen so sehen, könnten sie ausflippen.   Wenn wir Glück haben, schieben sie Deinen Anblick im Kilt wohl auf die dünne Luft hier oben, wenn nicht, dann haben wir ab Morgen einen Menschenauflauf hier, wie wir ihn gar nicht gebrauchen können.   Um unsere schöne Ruhe hier oben wäre es geschehen."

„Na klar doch", grinste McGregor. „Bunglass hat ja auch schon seine Kappe abgenommen und seinen Pullover ausgezogen, weil es ihm zu warm ist.   Ich erledige das sofort!"

McGregor zog sich hinter der Hütte um und kam sofort zurück, um zu erleben, dass sich die Schafherde heute etwas seltsam benahm. Dann sah er auch den Grund dafür.   Bunglass ging aufrecht hinter den fotografierenden Touristen her und forderte von den Schafen mit hoch erhobenen Hufen die „La-Ola-Welle".   Diese hatten die Schafe auch drauf.

So etwas hat die Welt wohl noch nicht gesehen, die Touristen offensichtlich auch nicht.   Nach einigen Wellen gingen die Schafe in die Knie oder wälzten sich gleich auf den Rücken, alle vier Hufe weit hoch in die Luft gestreckt.   „Schau mal, Papa", rief ein kleiner Junge. „Die Schafe lachen uns aus, kann das denn sein?"

„Mein Sohn", sagte der Vater kopfschüttelnd. „Das sind doch nur dumme Schafe, die können doch gar nicht Lachen."
Jetzt war es Hajo, der den Kopf schüttelte und viele weitere Schafe schlossen sich an.   „Noch so einen Spruch, dann jage ich diese dummen Menschen eigenhufig den Berg hinunter! Dumme Schafe, pah, selber dumm!"

Die Sache erledigte sich aber friedlich von selbst.   Der Kamerachip war voll, die Menschen zogen ab, hinunter in ihr eigenes Reich, das – so meinen wohl manche – hätten sie durch ihre Trinkgelder im Urlaub als Eigentum in Besitz genommen.

Auf der Alm kehrte wieder Ruhe ein.

Alle Schafe waren sich einig, dass s i e es waren, die die Menschen an der Nase herumgeführt hatten, zumindest längere Nasen, die haben Schafe wohl unbestritten.

Ein paar Tage später wurde der Abschied von den Almschafen vollzogen. Noch viele Dutzend Male mussten Bunglass und McGregor Hufe zum Abschied drücken, dann trabten die beiden zurück ins Tal nach Glurns, wo sie im schönen Pensionsgarten schon sehnlichst erwartet wurden.

Unterwegs nach unten hörten sie noch lange den Gesang der Almschafe, die ihre Gäste mit dem „Bierbrezeln-Lied" verabschiedeten.

Niemanden wird es sicherlich wundern, dass die Abschiedsfeierlichkeiten in Glurns sehr heftig ausfielen.

Es gab auch einen sehr gelungenen Abschieds-Abend auf dem Camping-Gelände „Gloria-Vallis", dessen Chef und Anna auch zu den Fans der Schafe gehören.

Die Schafe betätigten sich hier ein letztes Mal als Rasenmäher.

Ein paar Tage Urlaub liegen noch vor ihnen. Dann werden sie mit Helga und Wuulfgeng zurück nach Deutschland fahren.

Aber vorher werden Bunglass und McGregor noch einige schöne Erlebnisse im schönen Vinschgau haben – wir werden es sehen !

INFO:

Da unsere Schafe nach einem „Interview" und Foto-Termin durch Guenther von der Vinschgauer-Zeitung im Garten der schönen Pension auch in Südtirol / Italien bekannt sind, überlegt sich das Verkehrsamt in Glurns, eine Dauer-Ausstellung über Schafe im schönen restaurierten Turm zu performen.

Unser Stadtführer Karl wird sicherlich bei „seinen Führungen" einige diverse Geschichten unserer Schafe anklingen lassen.

Bei einer Familien-Führung in Glurns durch Frau Christel Valentin an einem Freitag-Morgen, es war der 7. September 2012, wurde die folgende Geschichte mit den „Schafen in der Vinschger Bahn" zum Schluss der schönen Führung von Wuulfgeng erzählt und viele Kinder hörten mit viel Spannung in den Gesichtern sehr interessiert zu.

Bunglass und McGregor hatten etwas Lampenfieber und Wuulfgeng erst einmal den Vortritt für die Stadtführungs-Geschichte gelassen, werden aber bei der nächsten Führung mit dabei sein – versprochen.

... kein Wunder,

dass sich nicht nur

Bunglass und McGregor

hier wohlfühlen !

Schafe in der Bahn

Bunglass und McGregor hatten auch dieses Jahr wieder schon zahlreiche Ausflüge gemacht. Wir erinnern uns da an den Alm-Aufenthalt. Unsere Schafe waren mit ihren Freunden aus der örtlichen Schafherde in Glurns schon in fast alle Täler gewandert. Auch hatten sie schon einige Gipfel mit Wanderführer Karl gestürmt.

Diesmal sollte es ein Ausflug der ruhigeren Art sein. Bunglass und McGregor wollten sich etwas erholen und dennoch viel von der Landschaft sehen. Dazu wollten sie mit der bunt angemalten Eisenbahn bis nach Meran fahren, was ihnen sehr empfohlen wurde.
Sie nutzten dafür ein Freifahrt-Ticket der Gemeinde Glurns, das ihnen vom dortigen Verkehrsverein spendiert wurde, da sie schon so viel für die Bekanntheit der wundervollen kleinen Stadt getan hatten.

Wanderführer Karl hatte den beiden für ihr Zug-Abenteuer ein paar leckere Scheiben Vinschger-Brot in ihren Rucksack gesteckt. Dazu gab es von Pia noch einen kleinen Beutel frisches Gras. Eine Getränke-Flasche frisches Wasser aus einem der zahlreichen Wale baumelte auch am Rucksack. D e n trug natürlich McGregor, da er ja der größere der beiden Schafe war.

„Das ist ja mal wieder ein sehr netter Zug von Dir, McGregor", sagte Bunglass schmunzelnd. „Du bist ja ein richtiger Kavalier!" McGregor grinste zurück und meinte nur ganz cool: „ Ein schönes Wortspiel von Dir ist das jetzt auf dem Wege zum Zug, Bunglass. Das wird sicher ein sehr schöner Tag."

Und was nun geschehen würde, daran hatten die beiden nicht einmal im Traum gedacht.

Bunglass und McGregor kamen also am Bahnhof in Mals an und bestaunten erst einmal den schönen bunten Zug, der also ihr nächstes Abenteuer werden und sie nach Meran bringen sollte.

Der Zug selbst war schon gut gefüllt. Auf dem Bahnsteig warteten aber immer noch einige Menschen und nutzten die Zeit bis zur Abfahrt, um sich von ihren Freunden zu verabschieden, oder um Bilder von sich und dem schönen Zug zu machen.

Als dann die beiden Schafe um die Ecke trabten, da gab es einen richtigen Ruck in den menschlichen Reihen, weil alle Köpfe wohl gleichzeitig in die Richtung von Bunglass und McGregor schauten. Schafe auf zwei Beinen, die mit ihnen den Zug besteigen wollen – kann das denn möglich sein?

Die Fenster des Zuges öffneten sich allesamt. Man lehnte sich möglichst weit heraus, um nichts von diesem Anblick zu verpassen. Wirklich niemand, ob im Zug oder davor, wollte sich dieses entgehen lassen. Der Zeiger der Bahnhofsuhr machte diesem Schauspiel ein Ende. Unermüdlich war der Zeiger in Richtung Abfahrt-Zeit gezuckt. Dann hatte er diese erreicht. Ein letztes Klicken der Uhr, der Schaffner gab das Signal zur Abfahrt – der Zug fuhr los.

Bunglass und McGregor hatten ja so ihre Erfahrungen, wie Menschen reagieren, wenn vor ihnen Schafe aufrecht stehen, die auch noch die menschliche Sprache sprechen und verstehen. Deshalb gingen sie ganz nach vorne, um sich beim Lokführer vor zu stellen. Auch hatten sie einige technische Fragen zum Zug.

Das Abenteuer begann damit sofort, denn kaum hatte sich der Zugführer vom ersten Schrecken erholt, brachte doch die erste Frage der Schafe an ihn auch das erste Missverständnis hervor. Bunglass und McGregor hatten zuvor nämlich gehört, dass diese Bahn nicht nur normale Personen befördert, sondern auch Fahrräder und manchmal auch Tiere.

Der Zug war inzwischen los gefahren. Bunglass und McGregor hatten den Zugführer gefragt: „Wo ist denn hier im Zug der   S c h a f – Wagen.?"
Völlig verdutzt antwortete ihnen der Zugführer: „Es gibt hier keinen Schlaf – Wagen. Die Fahrt ist dazu viel zu kurz."

Nun ja, im Leben gibt es hin und wieder Hör-Fehler - das ist auch ganz normal, doch Bunglass und McGregor konnten ein Ausflippen vor Lachen nur schwer vermeiden.   Ein Zugführer braucht seine Aufmerksamkeit eben ja auch für wichtigere Sachen, um seine Passagiere unverletzt an ihr Ziel zu bringen.

Als unsere Schafe dann in die rückwärtigen Zugabteile gingen, hörte der Zugführer McGregor sagen: „Ich hole jetzt mein Brett und gehe Surfen!"

Kreidebleich stoppte der Zugführer sofort den Zug.
Er hatte schon in Zeitungen und Nachrichten davon gehört, wie verrückte junge Leute „ a u f einem Zug gesurft" sind. Das wollte er auf seinem Zug jedenfalls nicht dulden. Schließlich war dabei schon so viel passiert, dass es sogar Todesfälle gegeben hatte. Und jetzt waren es auch noch Schafe, die dieses ankündigten.   Wer sollte ihm das denn wohl hinterher glauben, wenn er dies erlaubte. In seiner Fantasie sah der Zugführer bereits, wie sich vor seinem Zug hohe Wellen auftürmten.   Und jetzt stürzten sich sogar viele seiner Fahrgäste mit ihren Brettern in die Wellenberge.   Eine riesige Welle lief auf seinen Zug zu, umhüllte diesen und wollte ihn gar nicht mehr frei geben.

Bunglass klärte jedoch dieses Missverständnis sofort auf.

Er erklärte dem immer noch fassungslosen Zugführer: „Entschuldigung, so ist das nicht gemeint.   McGregor wollte sich nur seine Zeit etwas vertreiben.   A u f   den Zug wollte er auf keinen Fall.   Er wollte sich nur eine App aus dem Internet herunter laden, ein bisschen Surfen eben, wie das die Menschen so nennen."

Damit war die Sache zwar im Augenblick geklärt, die Fahrt konnte jedoch nicht sofort weiter gehen. Schließlich waren in das Bahnsystem Sicherheiten eingebaut. Durch den Not-Stopp stand jetzt nicht nur dieser Zug. Auf dem Nachbargleis stand ebenso ein bunt bemalter Zug, der jetzt nicht mehr weiter fahren konnte. Der war durch die technische Alarm – Steuerung ebenfalls zum Halten gezwungen.

Zum Glück blockierten diese beiden Züge keine weiteren, denn es waren die letzten Fahrten für diesen Tag. Der eine Zug stand eben jetzt allein auf der Strecke, der andere auf dem Ausweichgleis, da er den Zug unserer Schafe vorbei lassen wollte.

Man kann sich sehr lebhaft vorstellen, dass nun vom Nachbarzug aus viele neugierige Personen aus den Fenstern schauten, als der Zugführer mit Bunglass und McGregor zum Bahnhof-Büro ging, um ein Protokoll über diesen Vorgang aufzunehmen.

Selbstverständlich herrscht „in so einem Fall" auch in diesem Lande der Europäischen Wirtschaftsgemeinschaft die Bürokratie und verpflichtet zum Ausfüllen der Formulare in dreifacher Ausfertigung. Nach etwa einer Stunde war jedoch auch dieses erledigt und man konnte an die Fortsetzung der Fahrt denken. Aber die Fahrgäste hatten inzwischen so viel Gefallen an diesem Ereignis gefunden, dass sie gar nicht weiter fahren wollten.
Einige hatten bereits ihre Freunde angerufen, um von diesem Vorfall zu berichten. Mit dem Zugführer auf dem Ausweichgleis war auch schon besprochen worden, dass man hier doch mal ein außergewöhnliches Event machen sollte. Das meinten dann auch Bunglass und McGregor und auch der inzwischen beruhigte und jetzt begeisterte Zugführer.

Spontan entwickelte sich also in und zwischen den Zügen ein richtiges Fest. Informierte Freunde brachten Getränke herbei. Es wurde ein großer Grill aufgestellt und die ersten Lieder ertönten im Wettstreit der beiden gegenüber stehenden Bahnen.

Da hörte man Lieder aus dem Südtirol, eine bunte Mischung Vinschger-Heimat-Lieder, Lieder aus Deutschland und Frankreich, Appenzeller Jodler, sogar Balalaika-Klänge aus dem fernen Russland waren dabei.

Ein Höhepunkt dieses Festes war der Auftritt einer „Pipes and Drums Band" aus Schottland, die zufällig im Nachbarort gastierte und von diesem Event informiert worden war. Wenn irische und schottische Schafe ein Fest feiern, dann darf eben auch eine solche Band nicht fehlen.

Dieses **Gleis – Bahn – Grill –Fest** ging in die Geschichte der Vinschger Bahnen ein. Für den Zugführer war es die letzte Fahrt.

Schon einige Monate zuvor hatte er einen Antrag auf seine Pensionierung gestellt, da er viel mehr Zeit im Kreise seiner Familie verbringen wollte. Jetzt ging alles sehr schnell. Der Chef, der den Pensions-Antrag bearbeitete, wusste natürlich nichts von diesem wirklich passierten Vorgang auf den Gleisen. Als er vom Zugführer hörte, dass „angeblich" Schafe auf dem Zug Surfen wollten und mit ihm auch geredet hatten, da wurde der Antrag schnell und zügig und wohlwollend bearbeitet.

Schon zwei Tage später hatte der Zugführer seinen Bescheid in den Händen, dass er jetzt viel Freizeit hat, natürlich mit vollem Gehalt. Mit seinen Enkelkindern verbringt er jetzt diese Zeit in seinem schönen Garten, wo er natürlich als alter Eisenbahner eine eigene Bahnstrecke mit Zügen aufgebaut hat.

Dort spielen natürlich alle noch heute den Vorfall mit den Schafen auf der Bahnstrecke nach und immer endet es mit einem großen Fest.

Der Zugführer ist unseren Schafen sehr dankbar, dass sie seinen Antrag durch den Vorfall so beschleunigt haben. Bunglass und McGregor haben fest versprochen, ihn einmal bei einem ihrer nächsten Urlaube im Vinschgau zu besuchen.

**Natürlich werden dann alle zusammen im Garten
„ das Bahn-Fest " spielen.**

Calven – Schlacht

Wie die Fans der Schaf-Geschichten seit Jahren wissen, interessieren sich Bunglass und McGregor für mehr als nur saftiges Gras auf der Weide.

Wieder einmal zu Besuch bei ihren Freunden in Glurns ließen sich die beiden von einheimischen Schafen etwas über die Geschichte vom schönen Vinschgau in Südtirol erzählen.

Leider gibt es nicht immer nur schöne Sachen zu berichten. Das Vinschgau hat auch eine blutige Vergangenheit. Eine katastrophale Begebenheit hat sich im Jahre 1499 abgespielt, genau gesagt am 22. Mai 1499.

Dabei wurden das Glurnser Nachbardorf Laatsch und das Münstertal in eine kriegerische Auseinandersetzung mit hinein gezogen, die zur damaligen Zeit ihres gleichen sucht.

Zwischen Habsburgischen Truppen und denen des Bischofs von Chur/Schweiz fand die „Schlacht an der Calva" statt. Dabei sollen binnen weniger Stunden etwa 4000 Kämpfer den Tod gefunden haben.

Es ist ein furchtbarer Vergleich, aber bei allen „Berg-Isel-Schlachten" von 1809 sind ungefähr „nur" 1500 Mann gefallen.
Es ist einfach unvorstellbar, was sich dort 1499 abgespielt haben muss.

(Anmerkung Autor: Die oben angegebenen Kämpfer-Zahlen-Angaben stammen aus dem Buch des Südtiroler Erfolgs-Autors Hans Perting aus Mals und dessen „kleiner Vintschgauführer".)

Bunglass und McGregor hielten die Köpfe angesichts dieser Nachrichten aus früherer Zeit gesenkt. Sie waren tief betroffen.

Auch Bunglass und McGregor wurden nach Geschichten ihres Landes gefragt. Da gab es auch leider viel an schlimmen Sachen zu berichten. Gerade die Iren und die Schotten hatten viele Heimsuchungen von Eroberern zu erleiden.

Noch heute erinnern auch dort viele Orte und Schlachtfelder an blutige vergangene Zeiten.

Auch Bunglass und McGregor wissen eben schon lange, dass die Welt auch sehr viel unangenehme Seiten bereit hält.

Eine Seite von Geschichts-Bewältigung ist eben auch die, dass man nicht alles vergessen darf, auch wenn Unrecht geschehen ist.

Noch heute finden in vielen Ländern noch Gedenktage an besondere Ereignisse statt, wo zum Beispiel bestimmte Dinge von damals durch Vereine und Interessenverbände „nachgespielt" werden. Darunter gehören auch Schlachten wie zur Zeit Napoleons oder dem schrecklichen Krieg zwischen den Nord- und Südstaaten in den Vereinigten Staaten.

Wie vor allen die kindlichen männlichen Vertreter dieser Welt auch ab und zu mal spielerisch mit Pfeil und Bogen und Gewehren „Indianer und Cowboys" spielen und deshalb keinesfalls zu Verbrechern werden müssen, so haben auch Schafe ihre Entwicklung durch zu machen, bis sie ihren „Mann" im Leben stehen.
Auch bei denen geht nicht immer alles nur mit Friede, Freude und Eierkuchen zu.

Um das Geschehen der „Calven-Schlacht" überhaupt annähernd begreifen zu können und sich einen örtlichen Überblick zu verschaffen, beschlossen nun unsere örtlichen Schafe und ihre Gäste Bunglass und McGregor, diese damaligen tatsächlichen Geschehnisse in etwa nach zu stellen, soweit dies überhaupt möglich und eigentlich kaum zu verantworten ist.

Aber ein Wahlspruch von Bunglass und McGregor lautet:
„Friss nichts in dich hinein, was dich auffressen könnte. Verschaffe dir selbst ein Bild, wenn es dir irgendwie möglich, wenn auch vielleicht schmerzlich ist."

Durch die Mithilfe der Vinschger Schaf-Freunde wollen sie es versuchen.

Nun musste erst einmal ein Anfang gefunden werden, wie dieses historische Ereignis aufgearbeitet werden kann. Schließlich wurden zwei Gruppen benötigt, die der Angreifer und die der Verteidiger.
Da es sich hier ausschließlich um friedliebende Schafe handelt, war die Findung der Angreifer-Truppe gar nicht so einfach. Niemand wollte freiwillig zu den – aus italienischer Sicht gesehen - sogenannten Bösewichtern gehören, was ja im Grunde auch nicht verwunderlich ist.
Wenn die ganze Handlung aber schließlich „Hand und Fuß" haben soll, dann bleibt aber nichts anderes übrig, „einer muss den Bösen spielen".

Bunglass und McGregor erhielten den Zuschlag, zu den „Verteidigern" zu gehören. Ihnen wurden dann zumeist jüngere Schafe als Truppen zugeteilt. Bunglass wurde ihr Hauptmann.
Dies sollte sich noch auswirken, denn man hatte Bunglass und McGregor nicht den ganzen Verlauf der Schlacht an der Calva erzählt, um Überraschungen in deren Verlauf nicht vorher zu verraten.
Die jüngeren Schafe hatten noch nicht den „Fortgeschrittenen-Kursus" an der örtlichen Schaf-Schule absolviert, insbesondere nicht den früh-geschichtlichen Teil „im Fach Geschichte".

Somit wurden Bunglass und McGregor und ihre Kämpfer teilweise etwas „ahnungslos" in die Schlacht geschickt, wie dies wohl meist bei kriegerischen Auseinandersetzungen der Fall ist, dass man die „kleinen Leute" nicht in alles einweiht.
Na, wenn man sich da nicht getäuscht hatte, wir können sicher schon jetzt erahnen, dass da Bunglass und McGregor einiges „auf Lager haben".

Alle Beteiligten hatten sich auf eine möglichst friedfertige Handhabung der Ereignisse – sofern man von einer bevorstehenden Schlacht überhaupt von so etwas reden kann - geeinigt.
Niemandem sollte ein Leid und keinerlei Verletzung geschehen.

Nun findet eine Schlacht, echt oder gespielt nicht ganz ohne den Lärm von Waffen statt. Alle hatten die Abmachung getroffen, keine Gewehre oder Pistolen zu verwenden. Somit konnten auch keine Schüsse abgegeben werden.
Um doch etwas Echtheit in die Angelegenheit zu bekommen, erfolgte dann die Anweisung, dass statt der Schüsse die „Angreifer" stattdessen ein lautes „Bääähhh!" abgeben sollen, wenn sie den „Feind" beschießen. Schließlich muss dieser ja auch wissen, wann er getroffen ist und nicht mehr mit machen darf.
Für die „Verteidiger" wurde ein lautes „Määähhh!" ausgegeben.
Wer also angemäht oder angebäht wurde, musste aus dem Geschehen ausscheiden. Weiter wurde noch vereinbart, dass als Reitertruppen große Schafe vorgesehen sind, auf denen eben als Reiter dann kleinere Schafe sitzen.

Bunglass und McGregor sagten, dass sie dies so als Spielregeln akzeptieren können, denn sie kennen von den Menschen her auch solche Reiterspiele von Vätern mit ihren Kindern. Einig waren sich aber auch alle, dass so etwas eigentlich nur „als Spiel" schön ist und auch nur, wenn sich niemand verletzt. Alle betonten nochmals ausdrücklich, dass diese Nachstellung hier alle früheren Beteiligten und ihre furchtbaren Erlebnisse keinesfalls entweihen sollen, sondern nur der Nachvollziehung eines fast unvorstellbaren Vorfalles dienen soll.

Die „Parteien", in Angreifer und Verteidiger gegliedert, bezogen ihre Anfangs-Stellungen und alles entwickelte sich wie folgt:

Die „Angreifer" begannen ihren Vormarsch.
Die „Verteidiger" waren in der Überzahl und hielten ihre Stelle zur Verteidigung gut geeignet.

Für manche ist es Kriegslist, für andere Hinterlist.
Die Angreifer hielten sich nicht an die üblichen Spielregeln.
Die angreifenden Truppen starteten nur Schein-Angriffe, wählten in Wirklichkeit als Hauptstrategie aber eine schwer begehbare Umgehung, um in den Rücken der Verteidiger zu gelangen.

Dies hatte damals in der realen Calven-Schlacht die entscheidende Wende gegeben, da die damaligen Verteidiger völlig überrascht wurden und ihre Verteidigungsstellung im Eimer war.
Das wäre auch jetzt, bei der versuchten Nachstellung der Schlacht durch die Schafe, wohl für die Verteidiger wieder sehr traurig verlaufen.

Aber da hatten sich die Angreifer sehr tief getäuscht!

Sie hatten Bunglass, McGregor und deren Mannschaft bei der Vorab-Besprechung bewusst im Unwissen über die „Hinterlist" der Umgehung der Stellungen gelassen.   Allerdings hatten sie auch nicht mit den Ideen unserer irischen und schottischen Schafe gerechnet und noch weniger damit, dass diese eine Geheimwaffe in den Hinterhufen hatten.

Bunglass und McGregor hatten in ihrer Mannschaft auch eine sehr alte Bekannte dabei.   Die hatten sie vor vielen Jahren im Heimatort von Bunglass, Glencolumbkille im Nordwesten von Irland,   mit deren Gasteltern Nicy und Wolfgang aus Weingarten kennen gelernt.
Und das war die Ente „Frieda"!

Die ging auch immer mit auf Reisen, wenn Nicy und Wolfgang unterwegs waren und die natürlich inzwischen genau wie Bunglass und McGregor die deutsche Sprache versteht und auch spricht.

Zum Glück waren alle zur selben Zeit im schönen Vinschgau und dies wurde entscheidend für die „jetzige Schlacht".   Frieda kreiste wie ein Adler über dem historischen Schlachtfeld.   Ihren scharfen Augen entging somit auch nicht, dass die Angreifer die Verteidigung umgehen wollten.

Kundschafterin „Frieda" erstattet Bericht

Die Angreifer hatten inzwischen schon ein großes Stück ihrer Umgehung geschafft. Fast wäre es, wie damals, für die Verteidiger zu spät gewesen.

Aufgeregt flatterte Frieda zu „Hauptmann Bunglass".
Und sie berichtete: „Ihr glaubt ja nicht, was meine Augen sehen mussten. Die Angreifer sind ja viel listiger, als ich es je erwartet hätte. Die kommen von hinten und werden Euch in den Rücken fallen!"

Bunglass und McGregor sahen sich nur kurz an, wahre Meister in blitzschnellen Reaktionen. Sofort hatten sie einen Plan. Schließlich waren alle ihre Vorfahren in Irland und Schottland auf vielen Schlachtfeldern mit schwierigen Situationen fertig geworden.

Die verteidigenden Schafe gruppierten sich neu, spielten den Schein-Angreifern nun auch etwas vor. Bunglass ließ einen Teil seiner Truppen in den Rücken der Angreifer gelangen, ohne dass diese etwas davon mit bekamen. Ja, die hatten ja auch keine Frieda!
Bunglass ließ seine Mannen große Grasballen aufschichten, die im Ernstfall wohl große Steine gewesen wären.

Kaum war der erste große Trupp Angreifer in den Gefahrenbereich gekommen, da rollten die Grasballen auch schon auf sie herab, natürlich ohne jemanden zu verletzen. Mit Gras können Schafe ja sehr gut umgehen.

Völlig überrascht, beraubt des Vorteils der hinterlistigen Umgehung, brachen die Angreifer ihren Vormarsch und Angriff ab. Sie hatten doch auch noch bis nach der Vorbesprechung so ein Geheimnis daraus gemacht, doch niemandem zu verraten, wie genau der Angriff 1499 passierte.

Wie konnte „Hauptmann Bunglass" denn nur wissen, dass damals eine Umgehung erfolgt war?

Man hatte doch (auch hinterlistig) extra Bunglass die noch geschichts-unwissenden Schafe zugeteilt, damit nichts verraten werden konnte. Jetzt, wo der Überraschungs-Hintergehungs-Angriff im wahren Sinne des Wortes durch Frieda „aufgeflogen" war, da zogen sich die Angreifer zurück.   Auf dem Felde allein waren sie als Anzahl der Kämpfer den Verteidigern unterlegen.

Und da es mehr „Määähh" als „Bääähh" bei kleineren „Begegnungen" der „Truppen" gegeben hatte, waren die Angreifer auch in dieser Hinsicht nun schon geschwächt.
„Schiedsrichter Karl", der auch Stadtführer in Glurns ist, beendete nun den Versuch der Nachstellung des historischen Ereignisses.   Niemand war verletzt, kein wirklicher Schuss abgegeben worden.   Es wurde auch niemand zum Sieger erklärt.   Das „Thema Calven-Schlacht" ist einfach zu ernst.

Alle Schafe machten nachdenkliche Gesichter.
Erzählen und ein Erleben ist manchmal eben sehr verschieden.

Wie viel Leid wäre   n i c h t   geschehen, wenn es doch nur „damals" auch einen Abbruch der Kämpfe gegeben hätte.   Wenn so viel Leid vermieden werden kann, würden wir dann nicht auch gerne von friedliebenden Schafen regiert werden?   Und nach „dieser" Geschichte darf man ruhig auch mal vorher überlegen, bevor man   „dumme Ente" sagt!   Und bedenken sollte man auch: Ein Krieg ist nicht gerecht, nur weil ein Kreuz dahinter steht.   Schließlich werden auf „beiden Seiten" die Waffen gesegnet.

Anmerkung Autor:

Das "Nachstellen" solcher Ereignisse ist anzweifelbar, sicherlich.

Doch diese Geschichte hier soll eine „**M a h n u n g   gegen das Vergessen**" sein.   Und wer will sich eigentlich anmaßen, zu entscheiden, was richtig und was falsch ist.

Ich jedenfalls, als Autor dieser   **n i c h t**   witzigen Geschichte, kann dies nicht und möchte all diejenigen ehren, die auf beiden Seiten starben, obwohl sie es nicht wollten und zum Sterben gezwungen wurden.

Und Hochachtung gehört auch all denjenigen Familien, die dies als Überlebende und in Trauer um ihre lieben Angehörigen erdulden mussten.

Hosen–Grab

Auch eine Hose kann weit herum kommen, viel erlebt und viel gesehen haben. Wie bei fast allen Dingen des Lebens ist nun aber auch bei einer Hose mal ein Ende abzusehen. Viele Jahre hatte sie gute Dienste getan, war immer zuverlässig gewesen, bis es dann doch passierte: Bei einer Kletterpartie auf die „Spitzige Lun" im Angesicht der wunderhübschen kleinen Stadt „Glurns" war es passiert. Die „Spitzige Lun" war wohl doch etwas zu spitz gewesen. Ein spitzer Fels hatte der Hose dann den Rest gegeben und einen tiefen Einschnitt im Beinkleid hinterlassen.

Ihr Besitzer hatte die Hose immer zu deren Zufriedenheit ausgefüllt. Und auch der war nicht undankbar. Niemals sollte diese kampferprobte Hose irgendwo landen, womöglich noch vom Reißwolf zerteilt oder in einem Kleidersack. Das hat sie sicher nicht verdient.

Zusammen mit Freunden hatte er dann die Idee überhaupt! Diese Hose, die Berge und Täler des Vinschgau zur Genüge gesehen hatte, die sollte auch hier bleiben dürfen. Die Hose sollte hier im Vinschgau begraben werden, an einem Ort, den man auch noch mal wieder besuchen konnte.

Der Ort wurde schnell gefunden. Es war eine Stelle auf dem „Tartscher Bühel" in Sichtweise von Glurns. Im frühen Morgenrot waren nun vier Männer unterwegs. Einer trug eine Schaufel, einer trug eine Hacke. Einer trug das gute Stück in seinen Händen, einer trug die örtliche Verantwortung und das war der vierte Mann = Bergführer Karl.

Das waren also nicht die „Drei Heiligen Könige" mit Begleiter, sondern sie sahen eher aus wie „das Rheinische Dreigestirn" mit Fremdenführer. Zumindest der Dialekt kam hin.

Es war schon ein stimmungsvolles Bild. Der Morgentau tropfte an den Bärten herab. Hacke und Schaufel wurden geschultert, eine kurze Ansprache gehalten und dann nahm „das Begräbnis" seinen Lauf. Keinesfalls sollte die Hose unwürdig bestattet werden, indem sie einfach nur verbuddelt wurde. Das hatte sie so auch nicht verdient. Es sollte schon etwas mehr Würde dabei sein. Also wurde nicht nur ein Loch geschaufelt, es wurde so etwas wie ein „kleiner Rheingraben" ausgehoben.

„ Gar nicht so einfach hier im steinigen Boden!" sagte der Mann mit der Hacke. Und der dann von seinen Begleitern herein gereichte rechtsrheinische Spruch, machte es dem Hackenmann auch nicht gerade leichter.
Denn er musste sich anhören: „Vielleicht ein lecker Tässchen Kaffee dazu?"

Einen Augenblick war es still wie „tote Hose" und die Stimmung schien schon fast aus dem Ruder zu laufen. Aber der Blutdruck fuhr dann auch schnell bei allen Anwesenden wieder herunter. „Der kleine Rheingraben" war nun fertig. Die Hose wurde darin ausgebreitet in ihrer vollen Länge hinein verbracht. Natürlich wurde auch jetzt noch die würdige Situation beachtet und die Hose nicht einfach ins feuchte Grab gelegt. Nein, wie in früherer Zeit Fürsten bestattet wurden, so wurde die Hose in eine vom ADAC empfohlene Rettungsfolie gelegt, mit der Goldseite nach oben, die Hose somit geschützt vor Steinbeißern und Murmeltieren.

Da lag die Hose nun und tat einen letzten Blick auf den Sternenhimmel und „die Vier". Was sie dachte, ist leider nicht überliefert.

Allen fiel schließlich die Trennung schwer und ein paar letzte Worte sollten doch noch gesprochen werden.

„Treue Hose mein, kannst jetzt nicht mehr bei mir sein. Du warst stets ein Teil von mir, und ich ein Teil von Dir."

Nun ja, die ehrfürchtige Stimmung bei „dem Spruch" konnte ja nur Kippen.   Zumindest kam ein leichtes Kichern und Prusten auf. Genauso schnell war man aber wieder mit dem nötigen Ernst bei der Sache, nun ja, schnell ist eben überall anders.   Und einer der Sekundanten rettete dann noch die Situation und sprach:
„Liebe Hose, mit Dir hatte er viel Glück, er kommt bestimmt bald zu Dir zurück!"   Und so geschah es auch fast jedes Jahr wieder.

Das mit dem geheimen Besuch und so ging auch wirklich lange gut. Doch dann wurde die Situation für die Hose langsam brenzlig.   In Glurns waren auch Helga und Wuulfgeng mit ihren irischen und schottischen Schafen „Bunglass" und „McGregor" wieder im Urlaub. Und diesmal waren alle zusammen mit den Rheinländern und ihren Frauen dort.

Bunglass und McGregor, die ja die Sprache der Menschen verstehen und natürlich auch sprechen, machten oft Ausflüge in die Umgebung.
Dabei hatten sie gehört, dass auf dem „Tartscher Bühel" ein großes Fest bevor stand. Es stand zu befürchten, dass der ganze Hügel von Grabungen bedroht war, denn es sollte dort eine große Schatz-Suche statt finden.   Das berichteten Bunglass und McGregor auch in der Pension.

„ Das grenzt ja wohl an eine Entweihung unseres geheimen Ortes!" sprachen alle ehemaligen Begräbnis-Teilnehmer wie aus einem Munde.   Die damaligen „Vier" vertrauten jetzt Helga, Wuulfgeng und den Schafen Bunglass und McGregor den genauen Ort ihres Geheimnisses vom Hügel an.   Und sofort wurde auch ein Plan entworfen, wie Schaden zu vermeiden ist.

Um einem Zufallstreffer eines Schatzsuchers zu entgehen, musste unbedingt eine Umbettung der Hose erfolgen.
Alle erinnerten sich auch an die Gold-Folie. Wie leicht konnte es doch passieren, dass ein Gerät der Schatzsucher auf das Gold reagiert – und dann?   Das Gerät würde ausschlagen und die Stätte wäre entweiht.

- Bunglass und McGregor auf dem Tartscher Bühel –

Der gemeinsame Entschluss stand fest.   Die Aktion sollte schnell erfolgen, bevor die Schatzsuche los ging.   Es war jetzt Mitternacht. Wieder standen „die Vier" auf dem „Tartscher Bühel".
Einer trug die Schaufel, einer die Hacke, einer die Verantwortung und einer hatte noch die Hände frei, hatte er doch dann auf dem Rückweg hoffentlich die Hose dabei.

Wieder war es echte Männer-Arbeit, den inzwischen fest gewordenen Boden, den „Kleinen Rheingraben", frei zu legen.   Dann war es aber geschafft. Die Folie hatte auch ganze Arbeit geleistet, das gute Stück war gut verwahrt.

Bunglass und McGregor sicherten „die Aktion" nach allen Seiten hin ab. Schließlich fielen Schafe auf dem Hügel ja gar nicht auf, denn es waren auch noch einheimische Kollegen dort oben. Die einheimischen Artgenossen schüttelten zwar hin und wieder die Köpfe, was Menschen für seltsame Dinge treiben. Letztlich zeigten aber auch sie Verständnis dafür, denn eine echte Männerfreundschaft, die ist auch bei Schafen bekannt.

Die Arbeit der Ausgrabung war also nun geschafft. Eine Bergpredigt gab es aber heute nicht. Man wollte nichts riskieren und wieder schnell vom Hügel verschwinden. Zügig trabten nun Mensch und Tier ins Tal hinunter. Ganz in der Nähe der Unterkunft wurde dann das Ereignis, also das Begräbnis, wiederholt.

Die ganze Sache mit der erzwungenen Umbettung hatte aber auch etwas Gutes, fanden „die Vier". Jetzt musste man nicht jedes Mal mehr zur Andacht auf den Hügel. Nicht nur die Bärte waren mit den Jahren grauer, auch die Beine waren älter geworden. Und jetzt hier in unmittelbarer Nähe, da ließ sich die ganze Sache doch viel einfacher bewerkstelligen.

Da Bunglass und McGregor sehr verschwiegen sind, natürlich wie alle anderen auch, wurde das Geheimnis vom neuen Bestattungs-Ort bis heute bewahrt. Schließlich soll es ja deswegen keinen Massen-Tourismus geben!" Da waren sich alle einig.

Auch deshalb werden hier keine weiteren Personalien genannt und schon gar nicht der neue Begräbnisort.

Und was lernen wir vielleicht daraus:

„ Wer Anderen eine Grube gräbt, kann durchaus auch mal gute Absichten haben."

R. I. P.

Bemerkung Autor:

Diese Geschichte beruht auf einer wahren Begebenheit.
Stadtführer Karl wird Ihnen dies sicherlich auch bestätigen können.

... auf dem Jakobsweg

Bunglass, McGregor und Karl saßen bei bestem Wetter im schönen Pensions-Garten und überlegten, was sie wohl als nächstes anstellen könnten.

Nach kurzer Überlegung war es Bunglass, der zuerst eine Idee hatte: „Nun ja, wir kommen ja eigentlich alle aus sehr gläubigen Ländern. So dürfte es doch verhältnismäßig leicht sein, einen Entschluss zu fassen, wo wir hier so nahe am Jakobsweg sind, der an Glurns vorbei führt." „Richtig", nahm McGregor den Faden auf: „Unser Karl kommt ja sogar aus einem Land, wo der Papst persönlich wohnt!"

Alle wussten, was gemeint war. Ihr gemeinsamer Entschluss wurde durch Huf- und Handschlag besiegelt. Die Drei begeben sich unter Führung von Karl auf den „Jakobs-Weg".

Von diesem Weg gibt es durch mehrere Länder ja mehrere Variationen und somit mehrere Teilstücke. Ein Stück des Weges geht also auch an der malerischen Stadt Glurns vorbei. Nun geht man aber nicht so einfach los. Der „Jakobs-Weg" ist schon sehr anspruchsvoll, auch was die Kondition angeht. Bunglass, McGregor und Karl verabredeten, sich ergiebig auf dieses gemeinsame Abenteuer vorzubereiten.

Die Drei trimmten sich in den nächsten 3 Wochen durch anstrengendes Bergwandern rings um Glurns herum. Da boten sich schon einige Ziele an, um in Form zu kommen. Im Münsterland mit seinen nur etwa 44 Höhenmetern konnten unsere Schafe keinen speziellen Höhen-Lungentest mit dünner Höhenluft durchführen. Doch Bunglass und McGregor passten sich langsam an die hiesigen Bedingungen an. Dann waren sie überzeugt, dass sie jetzt so weit sind.

„Wir sollten unsere Rucksäcke packen", meinte Bunglass. „Und vergesst eure speziellen Bergschuhe nicht, die eure Hufe fest umschließen, damit ihr mir unterwegs nicht umknickt", ergänzte Karl. Und McGregor grinste dazu, fast wie immer.

Am nächsten Morgen schon sollte dann der Aufbruch sein. Viel zu schnell ging die Nacht zu Ende, meinten jedenfalls Bunglass und McGregor, doch dann schwangen sie ihre Hufe und trabten die Treppe im Hause ihrer Gastgeber hinunter.

Wie angewurzelt blieben sie beide im selben Moment stehen: „Ich glaube, ich habe jetzt schon eine „Erscheinung", wo wir mit dem Pilgern doch noch gar nicht richtig angefangen haben", rief Bunglass aus. „Ich dachte immer, Engel wären doch alle blond!"

Zeitgleich mit den Schafen war auch ein weiblicher Gast des Hauses mit im Treppenhaus. Mit langem schwarzen Zopf schritt sie einem Engel gleich die Stufen hinunter, auf Bunglass und McGregor zu. Da das Oberlicht hinter ihr in diesem Augenblick voll die Sonne herein ließ, welche die Schafe auch noch etwas blendete, entstand bei den Schafen der Gesamteindruck, dass es sich um eine Erscheinung handelt.

McGregor hatte sich als erster wieder gefasst: „Bunglass, ich glaube, wir   h a b e n   den ersten Engel mit „schwarzem" Haar – wenn auch ohne Flügel – gesehen. Denn auch nach meinem Wissensstand ist in der Literatur ein Engel immer blond !"

„Wenn das nicht schon ein sehr gutes Omen für unseren Start ist", rief ihnen lachend Karl von unten entgegen, der diese Szene mitbekommen hatte. Gast, Karl und die Schafe waren in den nächsten Minuten damit beschäftigt, sich die Tränen aus den Gesichtern zu wischen. Ihre höchst positiven Tränen wollten gar nicht mehr aufhören, sich ihren Weg zu suchen.

„Fröhlicher kann Euer Weg ja gar nicht beginnen - viel Spaß noch!" gab die Frau von der Treppe allen noch mit auf den Weg. Dann marschierten und trabten die drei Pilger los, ihrem nächsten Abenteuer entgegen. Die Erst-Begehung des Jakobs-Weges „durch Schafe" hatte begonnen. Bereits an der nächsten Ecke, am Feuerwehrplatz, wartete eine große Überraschung!

Was Bunglass und McGregor nicht wussten, die Stadt Glurns war so stolz auf ihre besonderen Gäste, dass sie ein wenig Public Relations betrieben hatte. Dadurch waren Fernsehen, Radiostationen und Zeitungspresse auf dieses Vorhaben aufmerksam geworden. In vielen Ländern hatte dieses Ereignis Aufmerksamkeit erregt. So hatte zum Beispiel sogar Neuseeland, wo Millionen Schafe wohnen, ein Fernseh-Team geschickt, das live in die Heimat übertrug.

Da dies hier eine freiwillige Veranstaltung unserer Schafe ist, die zu nichts gezwungen werden, waren zwar auch verschiedenste Tierschutz-Organisationen am Startplatz anwesend. Diese hielten aber auf Grund der Freiwilligkeit und der fairen Bedingungen „anfordernde" Transparente hoch mit Aussprüchen wie zum Beispiel „Wir fordern viel mehr mutige Tiere!" Man forderte die „gleichen Rechte für Mensch und Tier" ein, was allgemein mit viel Beifall begrüßt wurde. Ach wäre es doch öfter so der Fall.

Die örtliche Blaskapelle war mit Abordnungen aus anderen Gemeinden aufgestockt worden und blies sich fast die Seele aus den Lungen. Es gab für diesen Start-Tag extra „Schaf-Laugen-Stangen" von den örtlichen Bäckereien. Für McGregor wurde ein spezieller „ farbiger Kuchen in Form eines Highländer-Kilt`s " angefertigt. McGregor ließ es sich natürlich nicht nehmen, diesen persönlich anzuschneiden und den Rest an die Fans zu verteilen. Die Getränkehandlung spendierte „Bunglass-Aufbau-Drinks" mit irischem Klee-Blatt-Aufdruck. Überall roch es nach Pilger-Brezeln, nach gegrillten Würstchen und Getränken aller Art. Es herrschte eine super Volksfest-Stimmung.

Der Bürgermeister hielt eine Ansprache: „Liebe Pilger – äh - ich meine lieber Karl, liebe Schafe Bunglass und McGregor, dies ist ein ganz besonderer Augenblick. Wir alle hier sind mächtig stolz, dass dieses Experiment hier bei uns in Glurns beginnt. Wir alle hier wünschen Euch alles Gute, und kommt uns gesund und munter zurück. Wir sind jetzt schon sehr gespannt auf Euren Bericht."

Heute gab es kein Startband zu durchtrennen. Der Bürgermeister hatte eigenhändig eine Strohballen-Barriere aufgestellt. Darüber hinweg sprangen nun locker und voll durchtrainiert unsere Schafe und natürlich Karl.

Eine riesige Traube fröhlichen Volkes schloss sich unseren „Pilgern" auf den ersten Metern an. Je steiler das Gelände wurde, desto mehr schrumpfte auch die Zahl der Begleiter zusammen. Alle sind nun mal nicht so fit, wie unsere drei trainierten Pilger. Das Sondertraining zahlt sich jetzt schon aus. Nach einem Kilometer waren Bunglass, McGregor und Karl dann auch bereits allein unterwegs. Die Drei genossen die Ruhe nach dem Rummel des Starts der Reise und die gute Luft vom Vinschgau in Oberitalien.

Danach wurde auch die Berichterstattung wieder ruhiger. Die Tage vergingen und es gab keine weiteren Zeichen unseres verschollenen Trios.   So ist es ja auch gedacht.   Schließlich soll es ein Gang der Besinnung sein, des Nachdenkens und der Selbstfindung. Manche finden eben nur ihr Spiegelbild, wenn sie in einen solchen schauen. Mehr ist da oft nicht zu sehen.

Es ist allerdings auch wohl nicht aus zu denken, wenn alle ihr Inneres finden wollen und sich gleichzeitig und ständig auf den Pfad des Pilgerweges begeben.   Eigentlich ist die Völkerwanderung ja vorbei, sieht man mal von den Caravan-Kolonnen der Tieflandbewohner mit den gelben Nummern-Schildern ab.

Nach 7 Tagen trudelte dann eine erste Postkarte unserer „drei Pilger" ein, bei Pia und bei Helga und Wuulfgeng.   Bunglass, McGregor und Karl hatten unterwegs ein sehr fröhliches Erlebnis, von dem sie der Nachwelt zu Hause doch unbedingt berichten wollten.   Die Drei waren dem berühmten „Hape" begegnet, der Material für ein weiteres Buch sammelte.

Natürlich war auch „Hape", der ja bekanntlich viel Humor hat, von unserem Trio völlig begeistert.

Fröhlich rief er in die Runde: „Natürlich werdet Ihr in meinem nächsten Bestseller-Buch eine bedeutende Rolle spielen!" – was die Schafe erneut zu einem „Hufe hoch" beflügelte.   Da ja auch „Hape" sehr viele Fans hat, wanderte jetzt langsam eine immer größer werdende Boy-Group ihrem Ziel entgegen.

Jeder kann sich sicherlich vorstellen, dass gerade diese Tage der gemeinsamen Wanderung sich für alle unauslöschlich in die Erinnerungen eingebrannt haben.

Für eine inzwischen mächtig angewachsene Invasions-Truppe ist es natürlich schon etwas schwierig, gemeinsam eine Nachtunterkunft zu finden.   Da war es ganz gut, dass Bunglass und McGregor schafsinniger Weise auch mit einem Bett aus Stroh zufrieden waren.

Bunglass und McGregor kamen sich bald so vor, als wären sie Mitglieder der Weihnachtsgeschichte; nur, dass kein Kind in der Krippe nebenan lag.   Der „Hape" hätte sicher auch optisch einen sehr guten Josef abgegeben.   Auf jeden Fall dürfte unsere gemischte Tier-Mensch-Gruppe im Augenblick wohl inzwischen mehr Aufmerksamkeit erregt haben, als die damalige Volkszählungs-Gesellschaft.   Wegen der Wichtigkeit für die Menschheit sollen hier aber weiter keinerlei Vergleiche gezogen werden.

„Hape"   konnte die Wanderung weit ruhevoller genießen als unsere Schafe, da diese oft unterwegs von den verschiedensten Radio- und TV-Stationen aufgehalten wurden und ständig Stellungnahmen abgeben mussten.

Wegen der inzwischen erregten großen Aufmerksamkeit stellten sich ganze Kindergarten-Gruppen und Schul-Klassen in den Weg, nur um auf ein Foto gemeinsam mit den Schafen zu gelangen.   Bunglass und McGregor wurden als Geschenke die tollsten und bekömmlichsten Grashalme der verschiedensten italienischen Provinzen gereicht. Es ging ihnen also sehr gut.   Der Karl und „Hape" mussten sich da schon mehr anstrengen.   Ihr Essen wurde ihnen nicht einfach so spendiert.   Sie mussten schon selbst dafür sorgen, einige Köstlichkeiten der Regionen auf die Gabel zu bekommen.   Wo diese beiden doch so gerne Essen!

Nach 3 Wochen, so war es ausgemacht, sollte der Rückweg angetreten werden.   Und so geschah es.   Die Drei brauchten jedoch nicht wieder den ganzen Weg zu Fuß zurück zu legen.

An einem vorher vereinbarten Ort holte Pia sie ab, ohne jeglichen weiteren Rummel.   Und alle kamen gesund und voller Zufriedenheit wieder in Glurns an.   Nur ein eingeweihter Apotheker aus Mals, der inzwischen schon lange zu den Freunden von Bunglass und McGregor zählt, der wartete bereits auf unsere Schafe, natürlich nicht aus Neugierde.   Nein, eine richtig professionelle Untersuchung von Füßen und Hufen war vorgesehen, und der Profi war erstaunt, dass keiner der Pilger auch nur eine Blase am Fuß oder am Huf hat.

Bunglass und McGregor stürzten sich sodann erst einmal auf das saftige Gras, Karl aß ein großes Schnitzel, das ihm Pia mit den Worten servierte: "Das hast Du Dir nach diesen Kalorien-mordenden Tagen auch redlich verdient!"

Über die „ziemlich" große Eisportion, die geschlemmt wurde, bevor Pia eintraf, bewahrten „die Drei" Stillschweigen.

ein Schaf im Vinschgau
und die Mond-Landung

Noch einmal besuchten Bunglass und McGregor die heimatlichen Schafe auf der Glurnser Alm. Auch oben auf der Alm vergeht die Zeit manchmal viel zu schnell. Es nahte der endgültige Abschied für dieses Jahr. Viele Hufe lagen auf vielen Schultern, eine Abschiedsrede folgte der nächsten. Wünsche und Bitten für ein Wiedersehen flogen hin und her, von Schaf zu Schaf.

Herden-Chef Hajo sah Bunglass und McGregor noch einmal tief in die Augen: „Ich hatte Euch doch gesagt, dass ich Euch noch in ein Geheimnis einweihen wollte und dieses vielleicht für Euer künftiges Unternehmen gebrauchen könnt. Leider geht das zurzeit nicht, da der Hauptdarsteller – der auch ein Schaf ist – im Augenblick keine Möglichkeit sieht, Euch zu empfangen. Es hat etwas mit Nebel zu tun, was Ihr begreifen werdet, wenn ich Euch jetzt etwas erzähle. Ansonsten hätten wir eine kleine Reise gemacht, wirklich sehr schade."

„Du machst uns richtig neugierig", sagte Bunglass. „ Aber erzähle uns doch, um was es sich handelt." Bunglass und McGregor machten es sich ein letztes Mal auf der Almwiese bequem und Hajo nahm die Aufforderung an: „Wenn ich Euch jetzt sage, dass alles auch etwas mit dem Mond zu tun hat, dann werden mich sicher Eure Gesichter fragend ansehen.

Ich sehe schon jetzt große Fragezeichen über Euren Köpfen. Aber hört zu: Mit einem guten Kumpel von mir war ich vor geraumer Zeit einmal in einem sehr abgelegenen Gebiet auf der anderen Talseite.
Dort soll das Wasser im „Saxalbersee" so köstlich schmecken, dass sich der weiteste Weg lohnt. Wir waren also schon eine lange Zeit unterwegs. Immerhin geht es dort auf eine Höhe von 2910 Meter hinauf."

„Ach du meine Güte, das muss ja ein ganz besonderes Wasser sein, so eine Anstrengung für Wasser?" meinte McGregor.

„Nicht immer ist alles so, wie es scheint. Nicht immer ist alles so, wie man es gerne sehen würde. Nicht immer ist alles so geschehen, wie es verkündet wurde", sagte Hajo. „Was haben Schafe mit dem Mond und den Vorkommnissen darum herum zu tun? Ihr werdet gleich schlauer sein. Mein Kumpel und ich haben schon viele Touren in den Bergen unternommen und kennen uns eigentlich recht gut aus. Mit Vorliebe suchen wir dabei Orte aus, die – wenn auch nur entfernt - mit Schafen zu tun haben, manchmal nur dem Namen nach, aber zumindest mit Tiernamen."

„Ja gibt es hier vielleicht etwa einen Schafberg?" fragte Bunglass.

„Das weiß selbst ich nicht so genau", lachte Hajo. „Wir hatten uns für unseren Ausflug das „Gamseck" ausgesucht. Zunächst ging auch alles gut, bis plötzlich Nebel übers Gebirge zog, was im Hochgebirge eben immer mal schnell passieren kann. Wir sahen fast die Hufe vor Augen nicht mehr und stellten fest, dass wir uns wohl verlaufen haben. Das kann im Gebirge schon tragisch enden. Zumindest gibt es Wasser genug; zum Schutz vor Kälte haben wir Schafe ja unser Fell dabei."

Bunglass und McGregor konnten kaum ruhig sitzen bleiben, so aufgeregt waren sie, was denn nun noch kommen sollte. Hajo fuhr fort: „Wir beschlossen, das Tageslicht noch auszunutzen, um vielleicht doch noch einen Weg oder Steig zu finden. Etwas später dämmerte es bereits und wir hatten uns schon fast mit einer Übernachtung in den Bergen abgefunden. Da sahen wir ein Licht, völlig unvermutet, wo doch auf keiner Karte eine Hütte verzeichnet war. Das Licht gehörte aber zu einer kleinen Hütte.

Vor der Hütte waren 3 Masten aufgestellt. Der Nebel verzog sich so langsam und wir konnten jetzt immer mehr erkennen, wussten aber noch immer nicht, wo wir genau waren.
An einem Fahnenmast wehte die Fahne von Südtirol, am zweiten Masten die Fahne von Irland. Die dritte Fahne am letzten Masten war uns Schafen nicht bekannt und kam uns sehr seltsam vor. Auf dieser dritten Fahne stand „NASA" und dieses Land war uns nun völlig unbekannt. Damit konnten wir gar nichts anfangen."

Bunglass und McGregor hörten ihr Herz klopfen, so still war es. Äußerst gespannt warteten sie auf die nächsten Worte von Hajo. Würde er das geheimnisvolle Rätsel jetzt auflösen?

Hajo sah den beiden die große Anspannung an und fuhr leicht grinsend fort: „ Wir klopften an die Tür und hörten zu unserem großen Erstaunen so etwas wie: „Määähhh - kommt ruhig herein!"

Zu dem Licht, zu der Hütte und zu den Fahnen gehörte doch tatsächlich noch ein Schaf, das uns nun zuwinkte, als wir im Türrahmen der Hütte standen.   In der Hütte befanden sich seltsame Sachen, solche Dinge, die mein Kumpel und ich noch nie gesehen hatten.   Am Abend und in der folgenden Nacht wurden die Dinge dann für uns klarer und klarer.   Nachdem wir dem einsamen Hüttenschaf erklärt hatten, wer wir beiden sind und woher wir kommen, war nun der Gastgeber an der Reihe.

Uns wurde schnell klar, dass wir uns hier durch den Nebel an einen Ort verirrt hatten, an dem vor uns noch niemand gewesen war, außer dem Schaf in der versteckten Hütte natürlich.   Und jetzt erzählte uns das Hütten-Schaf, das sich übrigens als „Luna Man" vorstellte, was es mit der dritten Fahne auf sich hat, auf die wir uns keinen Reim machen konnten.   Luna Man erzählte, dass seine Geschichte eigentlich in Irland beginnt.   Denn da kommt er her und seine Familie hat dort ihre Wurzeln."

„Ich fasse es nicht! Ein irisches Schaf in einer versteckten Hütte in Südtirol?" rief Bunglass aus und heftig nickend schloss sich McGregor an.

„Eines Tages war das normale Weideleben meiner Vorfahren in Irland vorbei", erklärte uns Luna Man. „Es gibt so viele Geheimnisse auf dieser Welt. Irische Schafe sind ein Teil des Geheimnisses um die Mondlandung.

Gerade Irland hat viel mit Geschehnissen in der Weltgeschichte zu tun, die die Menschheit berührt haben. Und Irland hat auch viel mit Amerika zu tun, wenn man mal darüber nachdenkt!"

„Ja sicher, mir fällt ein", sagte Bunglass, „ich kenne auch eine Verbindung zur Weltgeschichte, die Abfahrt der Titanic von Irland aus."

„Genau", rief McGregor: „Irland war ja für die „Titanic" der letzte Anlauf-Ort, um noch einmal Proviant wie Butter für die lange Fahrt nach Amerika mitzunehmen."

Und Bunglass fügte noch hinzu: „Stimmt, viele irische Familien haben Verbindungen nach Amerika, allein schon wegen der vielen Auswanderer in den Hungerzeiten. Und es gibt in Irland ja sogar den „Kennedy-National-Park! Aber was haben denn nun irische Schafe mit der Mondlandung zu tun?"

Hajo holte tief Luft: „Luna Man erzählte uns, dass damals in Begleitung von Menschen doch tatsächlich amerikanische Schafe in unseren Ort nach Irland kamen. Natürlich stellte sich die Frage, warum gerade ihre Herde ausgesucht wurde.
Und die Antwort machte die irischen Schafe sehr stolz. Denn man sagte, dass die Schafe hier in Irland sogar in den Vereinigten Staaten von Amerika wegen ihrer Fantasie und ihrer Klugheit bekannt sind. Dann wurden aus der Herde einige ausgesucht und gemeinsam mit den „Amerikanern" flogen sie nach Amerika. Viele Jahre lang hat man nichts mehr von ihnen gehört.
Eines Tages kam tatsächlich eines der damaligen Schafe zurück."

McGregor fragte: „Hatte sich dieses Schaf irgendwie verändert, weil es doch so lange fort war? Und was hat es denn erzählt, was es in Amerika so gemacht hat?"

„Es hatte eine amerikanische Flagge in seinem Fell eingefärbt", erzählte uns Luna Man. „Außerdem hatte es noch einen seltsamen Gegenstand von seiner Reise mitgebracht und der wurde im historischen Besucher-Zentrum vom Ort dort verwahrt.

Der merkwürdige Gegenstand sah fast wie ein Goldfisch-Glas aus. Da die Schafe an der Atlantik-Küste dort aber nicht viel mit Goldfischen zu tun hatten, wussten sie auch nicht so genau, was sie wirklich davon halten sollten.

Bei Regenwetter hatte sich der Heimkehrer diesen Gegenstand über den Kopf gestülpt und wurde so viel weniger nass, als seine anderen Schaf-Kollegen.

Allerdings hatten diese dann nach und nach doch so „ihre Zweifel", ob mit „dem" noch alles in Ordnung war."

Es verging eine lange Zeit, bis sich Bunglass und McGregor wieder einigermaßen gefasst hatten.

„Und wie ging es dann weiter? Konnte man denn erfahren, was mit dem Schaf in Amerika geschehen war?" fragte McGregor.

„Das Hütten-Schaf hatte belustigt meinem Kumpel und mir lange in die Augen geschaut und sagte: „Ihr beide seid doch vertrauenswürdige Schafe. Wenn Ihr es nicht weiter sagt, werde ich Euch jetzt ein Geheimnis verraten, dass die Welt-Geschichte deutlich verändern wird, wenn dieses Geheimnis jemals öffentlich bekannt wird."

Wir gaben Luna Man natürlich unser „Hufschlag-Ehrenwort". Dann erzählte er uns von dem lange gehüteten Geheimnis und sprach: „Ich verrate Euch jetzt, wer das heimgekehrte Schaf war, nämlich mein Ur-Großvater. Der hat sich damals „Luna Man" genannt, weil er tatsächlich auf dem Mond gewesen ist! Ha, ein großer Schritt für die Menschheit soll dies gewesen sein!

Da kann ich nur lachen. Hahaha - heißen müsste es eigentlich, ein kleiner Tritt für ein Schaf, aber ein großer für eine Herde!"

Manchmal bin ich einfach frustriert, dass die Menschen immer allein den Ruhm ernten wollen", hatte Luna Man gesprochen und weiter: „Dabei ist doch nicht immer alles so, wie es scheint.

Bunglass und McGregor glaubten ihren Ohren nicht zu trauen.

„Vielleicht habt Ihr ja auch schon von der Kritik in Funk und Fernsehen über die Mond-Lande-Geschichte gehört.   Inzwischen habe ich so lange geschwiegen, so viele Jahre lang. Aber irgendwie finde ich, dass ich nicht mehr länger an meine Schweigepflicht gebunden bin. Zwar habe ich einen Vertrag unterschrieben, da mich die Menschen aber als „Sache" behandeln, kann das ja gar nicht juristisch gelten.   Denn Verträge mit „Sachen" kann man nicht machen,   zumindest dürften diese wohl nicht gültig sein.   Die Menschen sind doch wirklich zu gutgläubig.   Die glauben ja fast alles, was man ihnen erzählt oder in Bildern zeigt!

Erinnert Euch, dass zuerst ein russischer Hund im All ausprobieren musste, ob man das überhaupt überleben kann.   Hier kann ich Euch ein Foto zeigen, das in der Schaf-Astronauten-Akademie aufgenommen wurde.   Das eine Schaf – das Dritte von links - das ist mein Ur-Großvater!   Da staunt Ihr wohl, was?"

Bunglass und McGregor bekamen vor lauter Anspannung keinen Ton raus, was bei ihnen nun wirklich nicht normal ist, haben sie doch eigentlich auf fast alles eine Antwort.

Hajo sah dies und erlöste die beiden, indem er weiter sprach: „In einem Raumanzug kann man ja nicht richtig jemanden erkennen und das wussten auch die damaligen Verantwortlichen!   Und das mit dem ersten Abdruck auf dem Mond, ja das war ein Schafabdruck. Hufabdrücke kann man aber nicht erkennen, da der Ur-Großvater ja voll im klobigen Raumanzug steckte.   Und die Schuhsohlen waren schon daran mit angebracht.   Und auch das Visier am Helm blendet ordentlich.
   ... **von wegen ein kleiner Schritt für einen „Menschen"** !
Das Luna-Man hatte den Namen des Ur-Großvaters gewählt, weil er sehr stolz auf ihn ist."

Bunglass und McGregor bekamen vor Staunen außer ihrer Sprachsperre nun auch kaum mehr den Mund zu, und sie hörten noch, dass sich damals die Flagge auf dem Mond bewegte, obwohl es dort keinen Wind gibt.

Und als sie noch weiter hörten, dass dieses durch „Luna Man" verursacht wurde, der im Vorbeitraben die Flagge gestreift hatte; da waren Bunglass und McGregor erst recht fassungslos.

„Für die Menschen wurde dies alles so nachgestellt", erklärte uns damals „Luna Man" und fuhr fort: „Ich ärgere mich jedes Mal, wenn ich darüber nachdenke. Leider kann ich nichts weiter unternehmen, denn das richtige Original-Lande-Video gibt es wohl nicht mehr."

„Luna Man" holte zu unserem Erstaunen ein paar Dosen Guinness aus seiner Vorratskammer und es wurde noch eine lange Nacht für uns Schafe", sagte Hajo, dessen Augen wohl in Erinnerung daran etwas feucht wurden. „Und „Luna Man" erklärte uns dann, was es mit der Aufschrift „NASA" auf der dritten Fahne auf sich hat."

„Ich habe natürlich kein Eigentum der Weltraumbehörde mit hierher genommen. Auf der Flagge vor meiner Hütte bedeuten die vier Buchstaben „National Administration Sheep Adventures" und auf der Rückseite steht noch „Irish Branch".

(Anmerkung Autor:
Nationale Verwaltung Schaf Abenteuer, Zweigstelle Irland)

Bunglass und McGregor sahen noch eine ganze Weile stumm vor sich hin. Sie hatten doch etwas Mühe, dies glauben zu können. Aber sie wissen auch, dass ein Schaffreund wie Hajo sie niemals belügen würde.
Bunglass und McGregor werden „Luna Man" niemals verraten. Niemals werden sie erzählen, wo genau die versteckte Hütte ist.

Auch die beiden gönnen Luna Man einfach seine selbst gewählte Ruhe. Und die Berge, Seen und Täler im Vinschgau sind ja auch so wunderschöne Orte, wo man seinen Lebensabend in Ruhe genießen kann.

Nachwort:

In diesen Schaf-Geschichten ist von der Leserin / vom Leser sicherlich auch viel Fantasie und Humor verlangt. Es gibt aber auch immer wieder Passagen in den Geschichten, die **wirklich passiert** sind.

Wirklich ist auch die schöne Pension in Glurns.
Wirklich ist auch die traumhafte Umgebung des wunderschönen Vinschgau, das tatsächlich ein bevorzugtes Urlaubsgebiet des Autors, seiner Frau und natürlich den Schafen Bunglass und McGregor ist und auch bleiben wird.

Und Bunglass und McGregor haben schon mehr als einmal gesagt:

„Der Satz, ein Leben wie Gott in Frankreich zu führen,
der stimmt gar nicht!

Wenn Gott die Wahl hätte, er würde das Vinschgau wählen."

Wenn Bunglass und McGregor dabei die Hufe hinter ihren Rücken kreuzen, so meinen sie in ihrer tiefen Seele, dass dann natürlich auch Irland und Schottland in die engere Wahl kommen würden.

Ich hoffe, mit diesen Geschichten viele zu einem Lächeln gebracht zu haben. Niemals ist es beabsichtigt, irgendjemand oder irgendetwas zu verunglimpfen. Meine bisherigen Erfahrungen geben mir da Recht und es liegt an Ihrem Interesse, ob die

„Schaf-Geschichten aus dem schönen Vinschgau"

in die nächste Runde gehen.

Vielen Dank - Ihr Wolfgang Pein

... bisher sind erschienen:

Schaf-Geschichten mit Johanna
(ein Kinder-Buch, geschrieben zur Taufe unserer Enkelin-
ISBN Nr.   9783848251032)

The adventures of two sheep friends
(in Englisch – leicht zu Lesen -
ISBN Nr. 9783732233328)

Schafe mähen nicht nur Gras
(ein Schaf-Roman – k e i n Kinder-Buch –
ISBN Nr. 9783738606584)

Schafe brauchen auch mal Urlaub
(der zweite Schaf-Roman –

ISBN Nr. 9783739241074)

Sämtliche oben angegebene Bücher

sind jeweils   a u c h   als   E-Book erhältlich

und können als Buch in jedem Buchgeschäft in Europa, den USA
und in Kanada   „bestellt" werden.

ENDE